伊吹嶺

栗田やすし

東京四季出版

序

今年の「風」東京新年大会には栗田やすしさんに講演をしていただいた。子規を中心に碧梧桐と虚子について具体的な詳しい内容で、聴者に感銘を与え有益であった。聞いていながらやすし氏の人間把握の確かさと視野の広い柔軟な態度に感心をさせられたのである。氏は真摯で着実な文学研究者であり、大学を出てから一度教職についた後、更に大学院に入って勉強されるという学究の人で、着々と成果を挙げて来られたのであるが、そのなみなみならぬ向学心と不屈の意志・努力には頭が下がる思いであるとともに、俳句実作と両立するかどうかについて、私は少なからず危惧を抱いたこともある。

　昔、西東三鬼さんが私に教師俳人の作る句はだいたいつまらないと語ったことがあり、私が反論すると、三鬼さんは「教師なぞ人生を何も知らないからだ」と答えたのを思い出す。確かにそういう一面はあり、文学研究と創作は実際上は性質の異なったもので、両立のむつかしいものである。

　やすし氏の俳句実作に入ったのは昭和三十四年というから今まで二十数年にわたる。この長い時間に消長はあったに違いないが、氏は根気よく粘って実作を続けて来られた。私は正直なところ無理ではないかと感じた折もあったが、氏の情熱と執念が持続を可能にし、ここに内容の充実した第一句集が完成したことを心から喜びたい。

やすし俳句の特徴の一つは即物具象ということである。実物に即き実事を大切にする真面目な態度・方法が一貫して初期より今日に及んでいる。やすし君は堅苦しいくらいにその方向をくずさずに貫いている。一口でいえば楷書の謹直な俳句である。そこには氏の生活の処し方、人生を歩む態度が明らかにうかがわれる。

もう一つの特徴は俳句表現の特性をよくわきまえて言葉を抑制していることが指摘出来よう。やすし君は俳文学研究の専門家であるから、その点は充分に心得てご自分の実作に活用しているわけである。しかし知識と実作とは違うのであって、君の作品は初期においてはやや散文的で饒舌なところがあったが、次第にそれを脱却し、柔軟性を増して、最近では円熟味を加えて来ている。

私の愛誦する句は多いが、その中から若干を挙げれば、

かゞやきて地玉子売らる能登朝市　昭41

蔵を出て山車《だし》雪嶺を眩しめり　昭44

沈丁花伊吹の裾に母ゐます　昭47

枇杷の実を蟻登らんとして仰ぐ　昭47

晩学生たりし五年や春近し　昭50

木曾の秋ガラス瓶より煙草買ふ　昭50

白牡丹鵜匠の庭に開きたる　昭52

雁渡し吹かるゝ海女の白装束　昭53

墨うすき母の便りや秋深し　昭53

雪嶺に向く山車蔵を開け放つ　昭54

この外にもちろん佳句は多いのであるが、私の好みに従って句を挙げたばかりで、読者は無視されて、やすし俳句の本領に触れていただきたい。

やすし俳句は地味で抑制的であるが、その底に向日的な志向とやさしく明るい情感を誰でもが認められることと思う。山車の句を二つ引用したが、飛騨高山の粋を凝らした豪華な山車が引き出されて、大自然の雪嶺を眩しむというところに作者のまぎれもない哲学を見ることが出来、十年を経ての句に今度は山車蔵を雪嶺に「開け放つ」人間の意志が詠われていることは、同君の積極的な精神的営みと進歩の発露であろう。初期の作品はやや言葉が生硬であったが、徐々に克服され、より事物に即することによって柔らかさを増し、最近は洒脱というべき円熟の作風に到っているのは、氏の実作精進の結実である。

句集『伊吹嶺』によって栗田やすし氏の成果は俳壇で正当な評価を得ることと私は信じている。こういう真面目で底光りのする実力者が今後も俳句界を支えてゆくことは間違いのないことである。氏のますますの発展と健康を切に祈りたい。

昭和五十六年三月吉日

澤木欣一

伊吹嶺・目次

序　澤木欣一 …… 1
鶺 磧　昭和四十一年〜昭和四十三年 …… 11
満願寺　昭和四十四年〜昭和四十五年 …… 31
白 桃　昭和四十六年〜昭和四十七年 …… 51
紙 漉　昭和四十八年〜昭和四十九年 …… 77
鮎なます　昭和五十年〜昭和五十二年 …… 97
山車蔵　昭和五十三年〜昭和五十五年 …… 119
あとがきⅠ …… 144
あとがきⅡ …… 147

句集

伊吹嶺

鶺 鴒

昭和四十一年〜昭和四十三年
五十一句

昭和四十一年

バラ園のホースの水を天に放つ

疲れ教師汗の吊り輪に身を託す

レモン切る冷たく皿に音立てゝ

能登朝市　三句

朝市の菊売り菊をバケツに入れ

鮑《あはび》売り子を叱るとき能登訛り

かゞやきて地玉子売らる能登朝市

遠雪嶺プールの底に落葉焚く

落葉焚くプールの底へ素足にて

新雪の焚火紙焚くだけのもの

雪の火夫ホースの水で顔洗ふ

冬田打つ農夫屈みしまゝ昏るゝ

凍て初むや密閉されし漆甕

昭和四十二年

荒磯の石蓴褥に流し雛

五月来る小瓶の化粧水澄みて

稲妻が向日葵の茎片照らす

土用波小さきテント村灯る

颱風圏瓶の蛇の子首立てゝ

颱風のあと澄む石の溜り水

菊の香や加賀の鶴来《つるぎ》の板庇

谷のぼる朝霧柿の生乾き

紅葉山加賀の旧家の厚襖

紅葉敷く石臼庭に苔むして
白峰村晴れて菊咲く辻地蔵
菊包む薄紙菊の香にしみて

黄菊咲く潮来《いたこ》水浸く石の階
芒野の砲台砂に壊れしまゝ
吊り橋が揺れて雪塊峡に落つ

昭和四十三年

寒月が鵜川の底の石照らす

遠雪嶺女鵜川に足浸す

奈良　四句

みどり濃き柊雪の木戸に挿す

汚れたる残雪孕み鹿歩む
戒壇院暗し飛雪に扉を閉ざし
四天王守る寺僧の鉄火鉢

薔薇の苗植うる名札をつけしまゝ

伊良湖岬恋路が浜　三句

藻刈り鎌ひからせて海女翻へる

砂浜に海女滴《したた》りて若布干す

牛《ち》乳《ち》を飲む海女砂浜に滴りて
笹小径下る馬酔木の香を浴びて
蝶生《あ》るゝ深山の清水鳴るほとり

炎天や焚き口黒き廃《すた》れ窯

長子誕生
夏の雲赤子乳《ち》足《た》りて眠りをり

母と来て炎天の墓ひた濡らす

鵜《う》磧《がはら》に降りて紛れもなき鵜臭

鵜舟待つ闇鵜磧の生臭し

鮎吐きし鵜を殺生の場に還《かへ》す

岐阜県蕨生紙漉き村　六句

美濃も奥紙漉く窓の雪明り

紙漉き場玻璃戸の目貼り真新し

紙を漉く紙とならざるもの滴らし

冬の蜂這ふ漉き紙の生乾き
乾きたる漉き紙音を立て剝がす
紙漉き村去る一筋の雪の道

満願寺

昭和四十四年〜昭和四十五年
四十九句

昭和四十四年

雪踏みて暁けの鵜川に鵜を放つ

春暁の貨車動くとき響き合ふ

飛騨高山

蔵を出て山車《だし》雪嶺を眩しめり

瀧の水やさし山葵の花を過ぎ

子燕の頭のみ見え鵜縄綯ふ

裏庭に篝の松を割り残す

紫陽花の辺に鵜篝の薪積めり
鵜飼果つ鉄の篝を水に浸け
疲れ鵜を労はる己が指嚙ませ

城点きて舟は鵜川の闇の底

掌をこぼれ螢火草の露照らす

蟾《ひき》蜍《がへる》飼はれて貌の乾きをり

向日葵や這ふ児の黒き膝頭

伊吹山

蛇隠る霧の薬草畑の中

日没の刈田に曼珠沙華残す

蕊《しべ》散つて棒立ちとなる曼珠沙華
葡萄園出る一房も掌に触れず
熱の児に葡萄一粒づゝ与ふ

柿干すや軒の蜂巣に蜂居らず

翅立てゝ干柿這へり冬の蜂

雪潜り来し山水が紙漉く水

炉の燃ゆる音や雪夜に眠られず

雪中に尼僧持つ燭揺れ通す

昭和四十五年

春立つや鵜川に青きもの流る

春の陽が揺らぐ鴨川の底が透き
春昼の鵜磧円《まろ》き石拾ふ
芹摘みし籠を舳先に渡し舟

鳩翔つや図書館の裏雪残る

長女四歳五か月

入園の児が紅梅を帽に挿す

奥飛騨白川郷　二句

残雪が囲む家《いえ》内《うち》牛啼けり

合掌の炉端に煤け薬箱

花菜屑流る朝市果てし川

祝丹羽康碩氏長子誕生

家裏の青田水張り男子生る

白雲荘

寺町が晩学の宿濃紫陽花

子と飾る七夕妻に姉妹なし

樽の水飲む炎天を来し水夫

垂直の梯子西日に書を探す
立命館大学

婚近き教へ子と食ぶ青葡萄
同志社大学

枯芝に鳩遊びをり神学部

夜学生みな校塔を仰ぎ来る

芒穂を掌に芒野を抜け来たる

谷汲寺　四句

満願寺仔猿飼はれて栗食めり

霊場で買ふ縄刺しの吊し柿
山をなす笈《おい》摺《ずる》雪の満願寺
奥美濃の十二神将雪はげし

明治村　三句

時雨るゝや駄菓子に染みし粗き紅

明治村みな仰向きてラムネ飲む

寒風に垂るボロ〳〵の旧軍旗

銃口を遠き枯野に向け眠る

白桃

昭和四十六年〜昭和四十七年
六十八句

昭和四十六年

春昼の金魚尾ひれを持てあます

雛の間桃の一枝が倒れゐし

着飾りて教へ子苺持ち来たり

一筋の藁の帯解くすみれ苗

祝兄居新築　二句

菜の花の辺に山積みの青瓦

棟上げの柱打ちては桜散る

白桃の一株を買ふ妻癒えて

梅を干す鵜籠に厚き板渡し

万緑や書を借りて出る赤煉瓦

円空の像観る冷えし麦茶飲み

鳳来寺　二句

藁草履買ふ山麓の百日紅

ひぐらしや竹串焦げし五平餅

長篠　二句

青嶺や川一筋の古戦場

逃ぐるともなき巌上の黒揚羽

月見草咲けり鮎焼く石の竈

疲れ鵜を見んと篝に近づけり

担はれて籠の疲れ鵜声立てず

裸灯点け鳥《と》屋《や》の荒鵜を驚かす

兜虫逃げしと吾子に起さるゝ

師を見舞ふ新涼の崖新しき

鵜の川の土手不揃ひの曼珠沙華

いま漉きし紙鶏頭の庭に干す

旧騎兵第二十六連隊碑除幕　二句

松林に秋風馬臭残りをり

秋風裡騎乗の父の現《あ》れ来るや

冬日透く藪より抜けて藪に入り

枯れ土手の交番巡査玻璃磨く

春雪を被し伊吹嶺に夕茜

昭和四十七年

瀬の音に沿ふ竹藪の寒椿

残雪や松掘れば土新しき

稿継げず電線の凧見上げをり

長良川河口

芦の芽や二タ川合ひて海の色

沈丁花伊吹の裾に母ゐます

春寒や子規全集の一書欠く

鶺磧に下りやはらかき猫柳

月昇りをり早春の水の上

探梅や峠の茶屋は板戸閉づ

紅梅の硬き蕾に指触れし
田楽の味噌焦げる香や梅見茶屋
梅咲ける里抜けてまた雪嶺現る

梅散るや鵜篝の薪積みし軒

梅林の崖恋猫が飛び降りる

大試験図書館に濃きシクラメン

外套の裾ほころびて卒業す
土筆摘む土手揺るがして汽車過ぐる
大試験汽車雪嶺の裾走る

雛見ゆる裏庭に鵜を遊ばする
月光に雨戸を閉ざす雛の部屋
スケートの鋭刃落花を両断す

東慶寺

竹秋や女人くゞりし低き門

生玉子積みて五月の橋渡る

鍵穴を探る五《さ》月《つき》の闇を来て

朴の葉を洗ふ清水に枝ごと浸け

枇杷の実を蟻登らんとして仰ぐ

岐阜県小瀬　七句

青柿の転がる庭に鵜を遊ばす

十六代鵜匠足立芳男翁

篝灼けせし鵜匠の素顔よし
鮎を獲《え》し老い鵜流れに身をまかす
怠けゐる鵜なりや早瀬下るのみ

鵜積に残り鵜闇の底歩く
月明に鵜積の石裏返す
鳥屋《とや》の燈を消してより鵜の寝静まる

曼珠沙華陶土濁りの川流る

多治見修道院

聖園に入りて落葉を持ち帰る

掌ひらけば綿虫翔たんとして歩む

婆くべし生木の木口泡立てる
初雪に一歩踏み入り落葉拾ふ
日当ればすぐに卯木の雪消ゆる

父恋し父の齢の木の葉髪
脱稿や汁粉の餅が歯に残り

紙漉

昭和四十八年〜昭和四十九年
五十一句

祝錫村孤螢子句集『陸橋』出版　　昭和四十八年

陸橋に舞ひ華やげる春の雪

青空に蝶相触れてより眩し

野遊びの約束反故にして病める

名古屋港・チワンギ号船上　二句

五月闇なす船牢を覗き込む

籐椅子に鬚が自慢の航海士

毛蟹包む荷を鈴蘭に近づけず

伊賀　二句

母の日の母田を植うる泥まみれ

新緑のとき妻と来て秘仏観る

鍾乳洞出て炎天をなつかしむ

炎天の岩なめらかに水走る

きりぎりす水打つて掘る平城址

形代に太釘のあと蛇苺

曼珠沙華久しく訪はぬ父の墓

鵙啼くや頬つまゝれてひげ剃らる

郡上八幡　四句

ひぐらしや遠く確かに雷の音

踊り笛また嶺走る稲びかり
踊り明かす巨き印籠腰に差し
雷鳴の激しき時は踊り止む

洗ひゐる田螺の殻を妻は知らず

風呂敷を教卓で解く獺祭忌

マッチ擦る雪夜の闇に抗しきれず

岐阜県蕨生紙漉き村　六句

奥美濃の雪の一戸が紙漉く家

昭和四十九年

雪残る田に紙漉きし水落とす

楮選る手を谿水に浸しづめ

梅一枝ゆらぐ紙漉く櫺子窓
紙を漉く軒玉葱が青芽吹く
楮選る大き濡れ手を差し出さる

馬籠

種袋濡らして過ぎし峡の雨

雨上がりたる本陣の花辛夷

嵯峨野

木の鈴を買ふ四分咲きの山桜

四月馬鹿一日古書を入れ替ふる

罐蹴つて音におどろく花曇

麦秋や母の便りの旧漢字

梅雨の宿抽斗多き薬箱
かたつむり婚十年の二階住み
花栗の香にまみれたる別れかな

鵜の庭に掃き捨てられし火取虫

水平に持ち流燈を水に置く

流燈を板の橋より押し流す

流燈会生涯父の声知らず

揖斐傍島簗　七句

簗小屋へ径坂なして曼珠沙華

素足にて下る簗までの荒筵

対岸の崖崩れゐる大簗場
川霧が頬なでゝ過ぐ峡の簗
簗裏に落ちし木の実が流れ去る

串立てゝ鮎焼く簗の大囲炉裏

曼珠沙華雨上がりたる簗の音

煖房車桃の匂ひの赤子抱く

寝足りたる日や一日の雪消ゆる

雪擦れり鶺鴒の尾が驚きて

一本の葱抜き来たり雪の中

鮎なます

昭和五十年〜昭和五十二年
六十句

昭和五十年

晩学生たりし五年や春近し

木曾路　九句

月残る紅葉始めの南木曾《なぎそ》岳

バス降りて木曾の芒に沈みたる

木曾の秋ガラス瓶より煙草買ふ

椿の実はじけ寺領の藤村碑

崖下に相寄りて燃ゆ葉鶏頭

馬籠宿入りて出るまで菊の坂
柿昏れて戸毎燈の入る木曾の秋
穂芒や宿場果つればば道ほそる

木の香よし花野の果ての製材所

飛騨高山　三句

顔埋めて大き通草の実を舐むる

朝市女きのこ不作の年なげく

秋深し陣屋に古き直訴状

谷汲寺

冬晴れや檻の小猿の上眼使ひ

退院の妻寒椿眺めをり

昭和五十一年

顔が出て屋根に女が雪降ろす

ニン月や川に浸けたる鎌ひかる

愛知県鍋田干拓　四句

風花や海の匂ひの干拓地

北風の吹くにまかせて鴨の群

海を断つコンクリートに寒鴉

桜草買ふ干拓地巡り来て

北野天満宮

白梅や釘含み打つ宮大工
落花降り止まず踏切閉ぢしまゝ
あたゝかや水疱痒き児と二人

梅雨晴れや氷砂糖を舌に載す
紫陽花の藍深まりし誕生日
故里の母が好きなる鮎なます

大西日鵜臭まみれの通し土間

百日紅居残りの鵜が庭歩く

伏字ある父の日記や敗戦忌

長良川　八句

川上の空明かりして鵜舟現《あ》る

早瀬落つ吾が遊船も腹を擦り

激つ瀬にわが鵜と定め目離さず

鵜篝の靡くを祖なる火と思ふ
鵜飼終ふ摘み捨てられし月見草
疲れ鵜を仕舞ふ篝の火屑浴び

生まれ臭し燃ゆる篝を水に浸け
蚊帳囲ひして疲れ鵜を眠らする
鵙の声発熱の子の真上過ぐ

菊供養仲見世で買ふ名所図絵

名古屋城

菊花展人形の首蜂舐むる

一燈が石階照らす紅葉寺

秋風が過ぐ石仏のうらおもて

武蔵野

黄落や靴濡らしたる水溜り

大刈田身を弾ませて鷺降りる

荷札小さき古本届く一葉忌

荒縄に冬陽のぬくみ吊し柿

寒き夜や鉄筆強く線を引く

雪眩し目薬頬を伝ひ落つ

楮蒸す崖負ふ庭に釜を据ゑ

一本の葱抜くだけの雪の靴

昭和五十二年

微かなる地震《なゐ》に驚く寒の入り

水槽にゐて寒鮒のあらはなり

国府宮裸祭

厄除けの布裂きて結ふ梅の枝

岐阜梅林公園　二句

梅白し買物籠に犬眠る

梅林に汽車磨かれて罐冷ゆる

今年また一粒なりし庭の梅

白牡丹鶲匠の庭に開きたる
故里の味と母云ふさくらんぼ
冬の浜流木を焚きものの言はず

山車蔵

昭和五十三年〜昭和五十五年
六十六句

昭和五十三年

梅林の奥より汽笛近づけり

岐阜県能郷　三句

深谿を背に花冷の能舞台

老桜や観能の座の荒筵

花冷の床踏み鳴らし獅子の舞

瀬戸　二句

虎杖の吹かれてゐたり窯の裏

巣へもどる燕土橋をくゞり抜け

多治見修道院　二句

二番茶を摘む聖堂の裏の畑

蚋《ぶと》払ふ手のやさしさよ修道女

長良川　十三句

城山の崖一つ葉の暑さかな

炎昼の鵜川真白き蝶わたる
母の手をひき炎天に立ちどまる
水錆びし沼すれすれに黒揚羽

山下鵜匠邸

水打つて誓子多佳子の句碑濡らす

干し梅の香よ鵜の宿の昼寝どき

蓑掛けし鵜匠の家の土間涼し

鵜の鳥屋《とや》に病みし一羽が羽繕ふ
鵜篝を待つたかぶりに足浸す
鵜篝の一つが遅れ荒瀬落つ

鮎吐きて老い鵜最も火の粉浴ぶ

疲れ鵜を仕舞ふ鵜籠の露まみれ

川上がり来て鵜遣ひが真水飲む

硝子器の葡萄一粒づゝ食ぶる
曼珠沙華折りて捨てたる水暗し
鵙の声きのふの雨の水たまり

鳥羽　三句

柿熟す天つゝ抜けの馬籠宿

雁渡し吹かるゝ海女の白装束

ためらはず海女また潜る秋の潮

物言はずいま上がり来し濡れ身海女
墨うすき母の便りや秋深し
窯裏に綿虫のゐてあたゝかし

冬めくや棗ほどなる壺二つ

短日や一書を探しあぐねをり

犬山にて　二句

昭和五十四年

春暁の土焦がしたる舟大工

矮鶏遊ぶ犬山城の日溜りに

春暁や窯の火を守る頰かむり

高山祭　三句

雪嶺に向く山車蔵を開け放つ

山車蔵に地酒供へて春祭

朧夜の山車軋み来る橋の上

げんげ田の畦踏みて入る石置場

初蝶が来て石ひかる石置場

草餅を焼く金網をよく炙り

端午の日七味買ひたる京の坂

サングラスとるまで教へ子とは知らず

道端に檜皮匂へる木曾の秋

女手の稲架棒傾ぎたるまゝに

一粒の芋転げたる月の縁
蟋蟀がひそみて鳴ける簗の岸
流燈会われも流るゝ舟にゐて

逃ぐる蟹掬へば残る秋の水

人去りし石冷えびえと潮浸す

振り向きしのみ突堤の寒鴉

昭和五十五年

万歳が濡れ来て熱き茶をすゝる

雪降るや香煙ぬくき谷汲寺

熱海

梅園は見ず突堤に腰おろし

啓蟄や土塊指間よりこぼる

青竹に縄張つて干す磯若布

知立

鉄線花砂にこぼるゝ在原寺

手に触るゝ花やはらかき白菖蒲

沖縄 五句

蜥蜴隠る乙女自決の壕の口

断崖へ来て海へ投ぐ仏桑華

苦瓜の路地より手織り機の音

芭蕉布や婆が手馴れの糸車

句碑の辺の芝灼けゐたり辺戸岬

伊良湖岬　三句

鷹渡る白燈台を起点とし

鷹渡り過ぎたる空に何もなし

伊良湖岬蔓引けば寄る葛の花

伊吹嶺　畢

あとがきⅠ

昭和四十一年から五十五年まで「風」誌に掲載された作品の中から更に澤木欣一先生に選句していただいた三四五句をもってここに第一句集とした。

句集の題名「伊吹嶺」は澤木先生の命名である。伊吹山は濃尾平野の西に聳える伊吹山地の最高峰である。

元禄四年、芭蕉は垂井より大垣に出、千川亭に遊び

折〳〵に伊吹をみては冬ごもり

と詠んでいる。

私の故郷鏡島村（現岐阜市）から大垣へは中仙道を西にとって三里。家郷に居て長良川の土堤から眺める雪の伊吹嶺は最も美しい。

私がしみじみふるさとを感じるときでもある。

俳句は、昭和三十四年、松井利彦先生主宰の「流域」によって始め、同四十一年、先生のお勧めにより「風」に入会。以後、澤木欣一、細見綾子両先生のご指導を仰いで来た。

こうして纏めてみると改めて自分の作品の貧しさを痛感するが、澤木先生のお勧めに力を得て出版を決意した。

この伊吹嶺を「風」俳句選書の一冊に加えて下さり、その上身に余る序文を賜わった澤木先生に厚くお礼を申し上げます。

また、出版にあたり装幀その他一切の世話をして下さった澤木太郎氏。それに校正の労をとって下さった清水弓月氏に対しても心から感謝申し上げます。

この句集をこの秋古稀を迎える故郷の母と、私のこれまでの我儘を許してくれた家族に捧げたい。

昭和五十六年一月

栗田やすし

あとがきⅡ

第一句集『伊吹嶺』を昭和五十六年四月に「風俳句選書2」として刊行、それから三十年の歳月が流れた。この間、『遠方』(平9)『霜華』(平15)『海光』(平21)の三句集を刊行してきたが、平成九年に細見綾子先生を、平成十三年には澤木欣一先生を失い、「風」が平成十四年に終刊した事は、「風」一筋に学んできた私にとって痛恨の極みであった。

この度、「俳句四季文庫」の一冊として『伊吹嶺』の再版をすることとなった。これは、澤木先生のお薦めにより平成十年に創刊した俳誌「伊吹嶺」が十三年目の春を迎えるにあたって、これまで歩んできた道を省み、新たな道を探るため、初心に返るべく『伊吹嶺』の再版を決意した。
出版にあたってお世話になった松尾社長はじめ、東京四季出版の皆様に心より御礼を申し上げる次第である。

平成二十三年二月吉日

伊吹山房にて
栗田やすし

著者略歴

栗田やすし（くりた・やすし）　本名　靖（きよし）

昭和十二年　（一九三七）六月十三日　旧満州国ハイラル生まれ
昭和三十二年（一九五七）岐大俳句会に入会
　　　　　　　　　　　「阿寒」・「流域」・「天狼」に投句
昭和四十一年（一九六六）澤木欣一主宰「風」に入会
昭和四十五年（一九七〇）「風」同人
平成十年　　（一九九八）俳誌「伊吹嶺」を創刊主宰、今日に至る
句　集　　『伊吹嶺《いぶきね》』・『遠方《えんぽう》』・『霜華《そうか》』・『海光《かいこう》』（第49回俳人協会

賞受賞）・『自註句集　栗田やすし集』・現代俳句文庫『栗田やすし』ほか

主要編著書
『河東碧梧桐の研究』・『子規と碧梧桐』・『山口誓子』・『碧梧桐関係俳誌総目録』・瀧井孝作監修『碧梧桐全句集』・蝸牛俳句文庫『河東碧梧桐』・『河東碧梧桐の基礎的研究』（第15回俳人協会評論賞受賞）ほか

俳人協会理事・国際俳句交流協会監事・文芸家協会会員・「中日俳壇」選者・朝日カルチャーセンター（名古屋）講師

現住所　〒458-0021　名古屋市緑区滝ノ水三―一九〇五―二

俳句四季文庫

伊吹嶺

2011年3月3日発行

著　者　栗田やすし

発行人　松 尾 正 光

発行所　株式会社東京四季出版

〒160-0001　東京都新宿区片町 1-1-402

TEL 03-3358-5860

FAX 03-3358-5862

印刷所　あおい工房

定　価　本体1200円＋税

ISBN978-4-8129-0637-8